« Écoute-moi bien ! »

Lynette Comissiong

Illustrations : Marie Lafrance

Traduction : Michelle Asselin

Annick

Toronto • New York

Il y a de cela bien longtemps, Adalbert et Albertina vivaient avec leur mère, Mama Nettie, dans un petit village d'une île de la mer des Caraïbes. Tout le monde les surnommait Dalbet et Tina. Tantie Maisie disait que Tina luisait comme un sou neuf.

Une rivière descendait de la montagne et coulait non loin de la maison de Papa Ben. Mama Nettie défendait toujours à Dalbet et à Tina de traverser la rivière, sans leur dire pourquoi.

Tous les vendredis, Dalbet et Tina allaient ramasser les œufs dans le vieux poulailler au fond de la cour où Mama Nettie gardait ses poules pondeuses.

Un samedi matin, Mama Nettie dut rester au lit.
Elle fit venir ses enfants et leur dit : «Ma tête fait
mal comme pour éclater. Allez au marché avec
Tantie Maisie. Faites attention de pas casser les
œufs.»

Mama Nettie s'assit dans le lit pour parler à Dalbet.
Elle l'avertit : «Viens ici, Dalbet. Ta tête est
dure comme une noix de coco. Écoute bien c'que je
te dis. Faut pas aller sur le pont, m'entends-tu ?

Écoute bien c'que je te dis,
écoute-moi bien ! »

Mama Nettie savait que Tina obéirait.

Au marché, Dalbet et Tina s'installèrent à leur place habituelle et déposèrent les paniers pleins d'œufs sur une grosse boîte. Tantie Maisie empila des plantains, des goyaves et des patates douces sur un sac de jute.

Dalbet et Tina vendirent rapidement les œufs. Dalbet noua l'argent dans le grand mouchoir rouge de Mama Nettie et le mit dans sa poche. Il prit les paniers vides et prévint sa tante : «Tantie Maisie, Tantie Maisie, on s'en va retourner à la maison.»

Occupée à vendre ses légumes, Tantie Maisie lui répondit : «Ç'a été vite. Bon, fais bien attention à ta sœur. Je sais que la rivière te tente, mais fais sûr que vous retournez tout d'suite à la maison sans traverser le pont.» Les enfants se frayèrent un chemin à travers la foule et prirent le chemin de la maison.

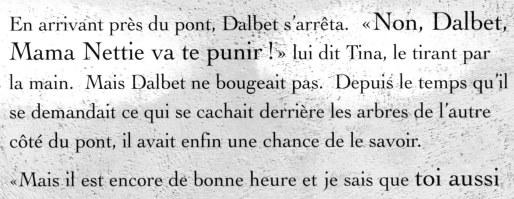

En arrivant près du pont, Dalbet s'arrêta. «Non, Dalbet, Mama Nettie va te punir !» lui dit Tina, le tirant par la main. Mais Dalbet ne bougeait pas. Depuis le temps qu'il se demandait ce qui se cachait derrière les arbres de l'autre côté du pont, il avait enfin une chance de le savoir.

«Mais il est encore de bonne heure et je sais que toi aussi tu veux essayer.» Dalbet connaissait bien sa sœur. Sans dire un mot, il lui prit la main et l'entraîna sur le vieux pont vermoulu. Arrivés de l'autre côté, ils s'engagèrent rapidement sur l'étroit sentier qui s'enfonçait dans la forêt.

Soudain, les arbres devant eux s'évanouirent. Ils relevèrent la tête, ébahis. «Oui, papa ! Regarde Tina, regarde ! C'est beau comme les portraits dans le livre de Papa Ben», s'exclama Dalbet. Tina avait peur. «Me... mais Dalbet, tout ça

c'est pas possible. C'est tout apparu de nulle part. Dalbet, je veux retourner à la maison ! Oui, je veux retourner à la maison tout d'suite !» Mais Dalbet était trop excité, il n'entendait rien. «Regarde, regarde, il y a une maison en haut de la montagne !» Il se mit à courir, et Tina n'eut d'autre choix que de le suivre.

Plus ils couraient, plus la maison semblait s'éloigner. Lorsqu'ils regardèrent derrière eux, ils ne virent que la forêt; tout le reste avait disparu. «Je veux retourner à la maison, pleurait Tina. Mama Nettie va se tracasser.» Même Dalbet commençait à avoir peur.

Il se faisait tard et ils avaient faim, mais les arbres à fruits avaient disparu. À la tombée de la nuit, une grosse boule de feu illumina la maison. Ils pouvaient voir l'intérieur par une fenêtre.

Bouche bée, ils regardaient la boule de feu qui tournoyait, qui faisait le tour de la pièce, qui sautait d'une fenêtre à l'autre. Soudain, la boule de feu disparut et la porte s'ouvrit. Une vieille dame souriante les invita: «Entrez, les enfants, entrez. Vous avez faim. Mama Zie va vous donner à manger.»

Dalbet et Tina étaient affamés. Ils entrèrent, et Mama Zie leur servit un bol de soupe, des grands-pères, du maïs et des patates douces. Dès qu'ils eurent fini ce repas, Mama Zie leur dit: «Mes petits enfants, il fait noir et vous êtes fatigués. Restez ici et dormez dans mon grand lit. Je vous ramènerai à la maison demain bon matin.»

Dalbet et Tina auraient voulu repartir tout de suite, mais Mama Zie leur avait jeté un sort, et ils firent exactement ce qu'elle leur disait.

Le lendemain matin, Mama Zie n'était pas là. Ils prirent leurs paniers, essayèrent de sortir. Impossible d'ouvrir la porte ou les fenêtres. Dalbet et Tina étaient effrayés.

— Dalbet, penses-tu que Mama Zie est une *Cocoya* ?

— Une *Cocoya*? Qu'est-ce que c'est, une *Cocoya*?

— Papa Ben dit que les *Cocoyas*, elles sortent juste la nuit, et que si le soleil leur tape dessus, elles tombent en poussière puis elles disparaissent.

— C'est pas possible ça, c'est des histoires.

Dalbet faisait le fanfaron, mais il avait peur. Lui et Tina eurent beau essayer toute la journée, ils ne réussirent pas à ouvrir la porte. Accoudés à la fenêtre, ils priaient pour que Mama Nettie les retrouve.

À la tombée du jour, la boule de feu réapparut, dansant et sautillant d'une pièce à l'autre, de la chambre au salon. Une voix chantonnait:

Boule de feu, boule de feu, tourne en rond,
Je suis une Cocoya, boule de feu tourne en rond.
Mama Zie, Mama Zie, c'est mon nom,
Mon cousin est un vilain Soucouyou.
Les p'tits garçons qui goûtent bien doux,
Je les fais bouillir avec du sucre et de l'amadou.

La boule de feu disparut. Dalbet et Tina virent Mama Zie à la porte. «Tu vois bien, je t'ai dit que c'est une *Cocoya*. Vite, on va trouver une cachette», chuchota Tina.

Mais il n'y avait aucun endroit où se cacher. Mama Zie regarda Dalbet et Tina. Elle prit un grand couteau et sortit l'affûter. Les enfants l'entendaient chanter:

Veni veni poignard moi, veni t'amuser
Veni mon grand couteau, j'ai un secret pour toi!
Veni mon joli couteau, je vais t'affûter
Pour bien couper la gorge de ce p'tit garçon-là!

Elle chantait encore lorsqu'elle rentra:

Danse beau feu, danse joli feu
Avec un p'tit garçon juste au milieu!

Le feu léchait la grande marmite de fer remplie d'eau. Dalbet et Tina pleuraient, serrés l'un contre l'autre.

«Mama Nettie, Mama Nettie!» Tina s'égosillait, comme si Mama Nettie avait pu l'entendre. Soudain elle se rappela que Papa Ben lui avait dit qu'une *Cocoya* ne pouvait rien refuser aux petites filles. «J'espère que c'que Papa Ben a dit est vrai. Oui, j'espère!»

Tina était effrayée, mais elle s'approcha de Mama Zie et tira sa jupe.

— P'tite fille, qu'est-ce qui se passe?

— Mama Zie, Mama Zie, à la maison, ma maman fait toujours cuire du riz et des pois pour moi avant que j'aille dormir.

Mama Zie était bien ennuyée, mais elle sortit cueillir des pois. Elle dit à Tina et à Dalbet de les écosser pendant qu'elle continuait à affûter et à polir son grand couteau en chantant:

Mon grand couteau, mon joli poignard
On va faire du beau travail ce soir!

Il y avait tellement de pois à écosser qu'ils n'étaient pas encore cuits quand le soleil se leva et que la lumière commença à emplir la pièce.

Mama Zie se précipita dans sa chambre avec un sifflement rageur.

«Il faut qu'on parte vite!» Tina attrapa le panier et voulut sortir, mais c'était impossible.

«Bon, là tu sais pourquoi on aurait dû écouter Mama Nettie!» rappela Tina à Dalbet qui ne dit pas un mot.

«Papa Ben dit que les *Cocoyas* ont peur des croix...» Dalbet ne laissa pas Tina finir sa phrase. Il saisit une chaise et la brisa. Il prit deux bouts de bois, les attacha en croix avec les rubans que Tina portait dans ses cheveux et accrocha la croix à la porte de la chambre de Mama Zie.

Les enfants prièrent pour que Mama Nettie et les habitants du village partent à leur recherche et les trouvent.

La nuit tomba. Cette fois, la boule de feu resta à l'extérieur de la maison, et aucun chant ne se fit entendre. La boule de feu disparut brusquement et Mama Zie entra en coup de vent par la porte arrière. «Qui c'est qui a mis cette croix là? Va l'enlever!» Elle rageait.

Dalbet courut à la porte, décrocha la croix et la glissa sous sa chemise. Mais Mama Zie avait tout vu. Elle s'approcha du poêle et dit:

Feu qui danse, feu qui chante
Brûle cette croix qui est devant moi.

Mama Zie tourna sur elle-même en faisant de grands gestes avec les mains. La croix s'envola et tomba dans le feu. Dalbet et Tina tremblaient.

Mama Zie éteignit le feu, prit son grand couteau et sortit l'affûter sur la grande pierre à côté de la porte en chantant:

Veni veni poignard moi, veni t'amuser
Veni mon grand couteau, j'ai un secret pour toi!
Veni mon joli couteau, je vais t'affûter
Pour bien couper la gorge de ce p'tit garçon-là!

Tina imagina une nouvelle ruse. Mama Zie rentra et fit un geste vers le feu qui s'anima aussitôt sous la grande marmite remplie d'eau. Elle attrappa Dalbet au collet. Dalbet cria, mais Tina lança un tel hurlement que Mama Zie lâcha prise.

— Qu'est-ce qui se passe? demanda Mama Zie impatiente. Je vais te conduire à la maison quand j'aurai fini avec ce fripon.

— Mama Zie, Mama Zie, à la maison, ma maman me frotte toujours avec de l'huile qui sent bon avant que j'aille dormir.

Mama Zie était fâchée. Elle saisit une bouteille d'huile sur une tablette et commença à frictionner Tina qui chantait de sa voix la plus douce:

Mama Zie, Mama Zie, frotte-moi doucement
Mama Zie, Mama Zie, fais-moi la peau luisante
Mama Zie, Mama Zie, frotte-moi bien
Mama Zie, Mama Zie, frotte-moi doucement

Tina chanta si bien que Mama Zie, bercée par la mélodie, ne vit pas le temps passer. Le soleil pointa bientôt à l'horizon et la lumière emplit la pièce. Mama Zie siffla rageusement et tapa si fort du pied que toute la maison en vibra. Elle s'engouffra dans sa chambre en claquant la porte.

Toute la journée, Dalbet et Tina prièrent pour que Mama Nettie vînt à leur secours. Tina imagina une autre ruse.

Encore une fois, à la tombée de la nuit, une grosse boule de feu apparut dans la pièce. Elle tournoya plus longtemps que les autres jours, puis Dalbet et Tina entendirent à nouveau la voix qui chantonnait :

Boule de feu, boule de feu, tourne en rond,
Je suis une Cocoya, boule de feu tourne en rond.
Mama Zie, Mama Zie, c'est mon nom,
Mon cousin est un vilain Soucouyou.
Les p'tits garçons qui goûtent bien doux,
Je les fais bouillir avec du sucre et de l'amadou.

La boule de feu disparut dans la cuisine et Mama Zie apparut.
Elle prit son grand couteau et sortit l'affûter sur la grosse
pierre à côté de la porte. Elle chantait :

Veni veni poignard moi, veni t'amuser
Veni mon grand couteau, j'ai un secret pour toi !
Veni mon joli couteau, je vais t'affûter
Pour bien couper la gorge de ce p'tit garçon-là !

En rentrant, elle se dirigea vers le feu et dit :

Feu qui danse, feu qui chante
Ce soir, le p'tit garçon s'ra dans mon ventre !

Le feu lécha la grande marmite pleine d'eau. Dalbet et Tina,
serrés l'un contre l'autre, pleuraient très fort en espérant que
Mama Nettie les entendît.

Mama Zie saisit Tina et la secoua tant que ses dents s'entre-choquaient. «Assez pleuré. Écoute-moi bien. J'ai dit que je te conduirais à la maison bientôt.» Quand Mama Zie essaya de l'attraper, Tina lui sauta sur le dos et s'agrippa. Mama Zie se fâcha.

— Qu'est-ce qui se passe ? Qu'est-ce que tu veux ?

— Mama Zie, Mama Zie, à la maison, ma maman me baigne toujours dans l'eau de la rivière avant que j'aille dormir.

— Quoi ? Qu'est-ce que tu veux ? cria Mama Zie.

Tina avait si peur qu'elle eut peine à répéter : «Mama Zie, Mama Zie, à la maison, ma maman me baigne toujours dans l'eau de la rivière avant que j'aille dormir.»

Mama Zie était furieuse. Elle attrapa le premier objet qui lui tomba sous la main et courut à la rivière avec un panier à œufs.

Plus elle tentait d'emplir le panier, plus il coulait. Elle plongeait et replongeait le panier dans l'eau, sans réussir à l'emplir. Mama Zie était si fâchée qu'elle ne vit pas le temps passer. Elle ne se rendit pas compte que la nuit s'estompait et que le soleil montait à l'horizon.

À la maison, tout se passa très vite. Quelqu'un enfonça la porte. Mama Nettie, Tantie Maisie, Papa Ben et tous les habitants du village se précipitèrent à l'intérieur.

«C'est matin ! C'est bon matin ! Regardez, le soleil est levé», cria Tina en s'élançant joyeusement dans les bras tendus de Mama Nettie.

Au même instant, tous entendirent un hurlement terrifiant qui montait de la rivière. «Le soleil l'a tapé dessus, le soleil a fait disparaître Mama Zie !» s'écria Dalbet.

Personne ne revit jamais Mama Zie, et personne n'eut plus jamais peur de traverser le pont, même si la forêt de l'autre côté était dense et sombre.

À partir de ce jour, Tina et Dalbet — Dalbet surtout — obéirent toujours lorsque Mama Nettie leur dit :

«Écoute bien
c'que je te dis !
Écoute-moi bien !»

©1997 Lynette Comissiong (pour le texte)
©1997 Marie Lafrance (pour les illustrations)
Conception graphique : Marielle Maheu
Traduction : Michelle Asselin
(Avec mes remerciements à Raymonde Hoareau qui m'a appris quelques rudiments de créole. M.A.)

Annick Press Ltd.

Annick Press tient à remercier le Conseil des Arts du Canada et le Conseil des Arts de l'Ontario pour leur aide.

Données de catalogage avant publication
Comissiong, Lynette
  Écoute-moi bien !

Traduction de : Mind me good, now!
ISBN 1-55037-415-X

I. Lafrance, Marie. II. Asselin, Michelle. III. Titre.

PZ23.C6533Ec 1997   j823   C97-930296-X

Les illustrations de ce livre ont été réalisées à l'acrylique.
Composition en Cochin et La Bamba.

Distribution au Québec :
Diffusion Dimedia Inc.
539, boul. Lebeau
Saint-Laurent (Québec) H4N 1S2

Distribution aux États-Unis :
Firefly Books (U.S.) Inc.
P.O. Box 1338
Ellicott Station
Buffalo, New York   14205

Distribution au Canada hors Québec :
Firefly Books Ltd.
3680 Victoria Park Avenue
Willowdale, ON M2H 3K1

Imprimé sur du papier sans acide.
Imprimé au Canada par Friesens.